우리가 사랑할 수밖에 없는 **아이바오·러바오** 이야기

행복은 생각보다 멀리 있지 않아.

우리가 사랑할 수밖에 없는 아이바오 · 러바오 이야기

아름다운 눈으로 세상을 바라보세요.

판다극장

우리가 사랑할 수밖에 없는 아이바오 · 러바오 이야기

판다극장 우리가 사랑할 수밖에 없는 아이바오·러바오 이야기

초판 1쇄 인쇄 2024년 7월 16일
초판 1쇄 발행 2024년 7월 23일

지은이   조세환
펴낸이   이춘원
펴낸곳   노마드
기획·편집   이서정
디자인   Do'soo
마케팅   강영길

주   소   경기도 고양시 일산동구 무궁화로120번길 40-14 (정발산동)
전   화   (031) 911-8017
팩   스   (031) 911-8018
이메일   bookvillagekr@hanmail.net
등록일   2005년 4월 20일
등록번호   제2005-29호

ISBN 979-11-86288-73-3 (02810)

판다극장

우리가 사랑할 수밖에 없는 아이바오 · 러바오 이야기

글·사진 조세환

nomad
노마드

머리말

판다에 대한 나의 사랑과 연결 고리는 놀라운 여정을 이끌었습니다. SBS TV의 동물농장 프로그램을 연출하면서 만난 동물 중에서도 나에게 가장 깊은 인상을 남긴 동물은 단연코 판다였습니다. 그 결과 판다를 주제로 한 TV 프로그램 '판다극장'을 제작하게 되었고, 이후 한국에 온 러바오(웬신)와 아이바오(화니), 그리고 그들이 낳은 푸바오의 이야기가 세상에 전해졌습니다.

한국에서 푸바오가 자라면서 사람들의 사랑과 관심은 상상 이상이었습니다. 이러한 경험을 통해 나는 <나는 판다입니다>라는 책을 집필하였고, 현재는 두 번째 책인 <판다극장>을 집필했습니다. 이 책은 판다의 사진을 활용한 카툰 형식의 구성을 취하고 있습니다. 귀여운 아이바오 러바오의 중국에서 보냈던 어린 시절과 한국에 와 적응하는 과정까지의 일상을 재미있는 카툰으로 만들어 보았습니다. 이야기를 전하는 독특한 형식으로 판다의 매력을 독자들에게 전달합니다.

이 책을 통해 판다를 사랑하는 모든 이들에게 판다의 이야기를 전할 수 있어 행복합니다. 또 그들이 느끼는 행복과 감동을 함께 공유할 수 있다는 것이 얼마나 뜻깊은지 모릅니다. 이러한 열정을 여러분과 함께 할 수 있어 감사합니다.

이제 <판다극장> 세상에 오신 것을 환영합니다. 이 책을 통해 여러분도 판다와의 놀라운 여정을 함께 즐겨 보시기를 바랍니다.

조세환PD

차례

머리말

Act 1

Panda
Photo Cartoon

밀당의 고수,
새침데기 화니

No.1_운명 그리고 인연

중국 쓰촨성 야안 판다기지 판다유치원

2014년 12월

비펑샤 판다 기지에는
귀여운 아기 판다들이 살고 있어요.

탁
하

엄마와 떨어진 아기 판다들을 위한 밀크 타임입니다.

너무 많음 안 돼.
우유는 정확한 양을 주기 위해
저울에 재야 한다구!

판다가 마실 우유는 꼭 저울에 무게를 잰답니다.
매일매일 사육사의 중요한 임무 중 하나래요.

옆집에 사는 화니와 화양도 냄새 맡고 왔네요.

자, 그럼 제가 들어가 보겠습니다.

쭙쭙

판다가 당근을 씹는 것은 강한 턱과 치아의 발달에 효과적입니다. 대나무가 주식인 판다에게 당근은 도움을 주는 중요한 먹거리입니다.

당근은 영양가가 높아 대나무에서 완전히 얻을 수 없는 필수 비타민과 미네랄을 제공하여 젖에서 고체 음식으로 전환하는 어린 판다에게 쉽게 소화를 하도록 도와줍니다.

이곳은 비펑샤 판다 기지의 산모방입니다.

아기 판다 화니의 엄마가 있는 비펑샤 판다 기지를 조 피디 일행이 찾아갑니다.
이곳에 한 미모를 자랑했던 화니의 엄마 신니얼이 살고 있대요.

신니얼(화니엄마)

같은 시간 판다 유치원입니다.

이제 저는
대나무도 잘 먹어요.

엄마! 보고싶어!

신니얼은 화니가 한국에 오기 바로 얼마 전,
안타깝게 2016년 2월 26일 (8살)에 판다별로 떠났어요.

그날 비는 하염없이 내렸습니다.
빗물과 함께 그리움마저 흘러내립니다.

No.2_먹방의 전설

중국 쓰촨성 야안 판다기지 판다유치원

2014년 12월

따뜻한 햇살과 평온한 바람이 부드럽게 화니와 화양의 얼굴을 어루만집니다.
오후 한때, 둘의 행복한 시간이 지나갑니다.

이제 식사는
끝난 건가요?

카메라와 마이크를 화니와 화양 앞으로 들이밉니다.
두 판다가 호기심에 가까이 다가듭니다. 그러다가 그만…

43

45

No.3_싸움의 기술?

중국 쓰촨성 야안 판다기지 판다유치원

2014년 12월

화니와 화양은 둘도 없는
유치원 단짝친구입니다.
화양이 먼저 장난 걸어오고
영역을 표시하며 화니의 심기를
건드리기 일쑤입니다.

화니의 역공을 못마땅해하던
화양이 다시 역공을 해버립니다.

화양이 목을 축이고 다시 공격 태세를 갖춥니다.

화니를 집요하게 추격하는 화양은
공격을 멈출 줄 몰라요.

고마 해라!
많이 아프다.

화양!!!
끝날 때까지
끝난 게 아니다.

앞으로
이 나무는
내 거다.

화니도 참을 만큼 참았습니다.
더 이상 물러날 길도 없습니다.
이제 화니는 어떤 반격을 할까요?

며칠이 지났습니다.
비가 내리던 날입니다.

화양은 자신의 나무를 다시 한 번 확인합니다.
아기 판다에게 자신만의 나무란 매우 소중하니까요.

이제야
판다 유치원에
다시 평화가 찾아왔어요.

그 후로 둘은 사이좋게 지냈답니다.

No.1_판다의 낙원

中国大熊猫保护研究中心都江堰基地
CHINA CONSERVATION AND RESEARCH CENTRE FOR THE GIANT PANDA DUJIANGYAN BASE

중국 쓰촨성 두장옌 판다기지 2014년 12월

이 넓은 대지 위에 27마리 자이언트 판다가 살고 있답니다.
이곳은 평화로운 판다들의 낙원입니다.

여기 27마리 판다 중 한 마리가 바로 웬신입니다.

2살 아기 판다 시절! 두장옌에서 내 모습이에요.

린이 동물원으로 가기 전
두장옌 판다 기지에서
내가 살았던 집이에요~

웬신은 대나무를 엄청 먹는 대식가입니다.

냠냠냠~

나무 위에서 놀기도 하지만, 가끔 떨어져요.

돌조각 위에 쉬는 걸 좋아합니다.

난 생각하는 것도 좋아해.

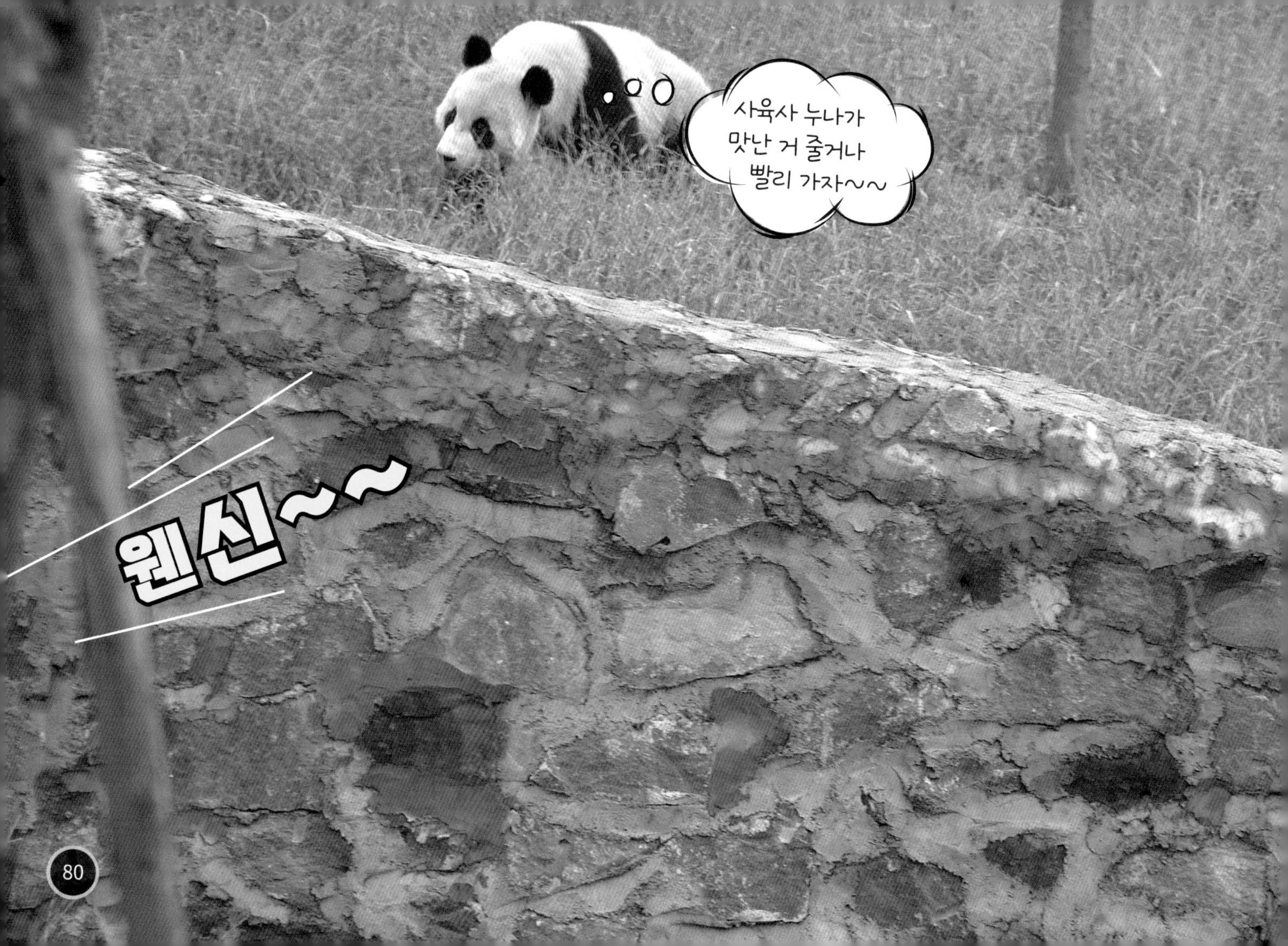
사육사 누나가
맛난 거 줄거나
빨리 가자~~
웬신~~

83

85

No.2_새로운 세상

중국 산둥성 린이 동식물원 2015년 12월

안녕!
나는 웬신이야.

조세환 PD는 린이 동물원에서 웬신과 첫 만남을 가졌습니다.

웬신은 죽순을 제일 좋아합니다.

하루 중 제일 중요한 시간이에요.

웬신에게 먹이를 줄 때
사육사들의 손에는 뭔가 들려 있어요.

식사 때마다 훈련을 하는건데….

필요할 때 주사 놓을 수 있게 훈련 중.

사육사들은 판다들의 삶터를 매일 청소해 줍니다.

사육사들이 웬신 몰래 먹이를 숨깁니다.

쿵쿵

내가 못 찾을까봐~
어림없지.

먹어도 먹어도 배고픈 시절.

죽순이 없다 ?

욕조 가지고 사육사에게 달려갑니다. 그런데…

와!
워토우랑 당근!!

사육사들이 오늘 따라 몹시 바쁩니다.
웬신을 위해 다른 날보다 더 푸짐한 식사를 주는데요.

104

냠냠 ~

그런데…

왠지 분위기가
심상치 않아요.

사육사 누나!
오늘 왜 그래요?

오늘도 하루가 저물어 가요.
내일이면 웬신은 이곳과 작별해요.

웬신은 린이 동물원을 떠납니다.
그리고 2살 때까지 살았던 두장엔 판다 기지로 다시 보금자리를 옮겨요.
그곳에서는 어떤 미래가 펼쳐질까요?

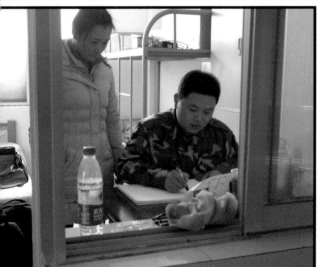

다음날 아침이 밝았어요.

치지직!

웬신은 오늘 여기에 실려
두장옌으로 떠나요.

냠냠~

헤어짐을 슬퍼하는 사육사는
웬신과 함께하는 마지막 식사 의식을 치르네요.

너를 보내며 먹는 찐빵이
목에 넘어가질 않아!

No.3_사랑의 CCTV

중국 쓰촨성 두장옌 판다기지 2016년 1월

사육사님들이
내 엄마였어.

아, 그래도
엄마 넘 보고 싶다!

116

오빠~~

요즘 웬신을 꼼짝못하게 하는 애가 등장했어요.
워토우보다 더 웬신을 뒤집은 그 애는 누구일까요?

심장은 왜 이리 뛸까?
뭐야. 왜 이리 설래지.

Act 3

Panda
Photo
Cartoon

우리 지금
썸 타는 것 맞아?

중국 쓰촨성 두장옌 판다기지 2016년 1월

웬신

화니

웬신은 잠꾸러기입니다.
화니가 보고 있는데도 잠만 자려고 하네요.

135

아침엔 이 저택어서 산책이 루틴!

요 침상은 제 거라구요.

엉덩이로 마킹을 시도하네요.

요것도 루틴.

캬!~

모닝 쾌변 중이에요.

나는 마킹왕.

… 웬신은 그녀를 다시 만날 수 있을까?

No.2_넌 나의 운명

중국 쓰촨성 두장옌 판다기지 2016년 1월

쿨쿨~
...zZZ

옆집 화니가 지켜보는 데도
웬신은 역시 잠에 빠져 있어요.

엄마가 그랬지.
소원을 이루려면
네잎클로버를 찾으라고.

화니는 땅에서 열심히 무언가를 찾고 있습니다.

145

화니가 쳐다보는 줄도 모르고 여전히 잠에 빠져 있는 웬신,
빨리 가서 깨우고 싶네요.

이렇게 넓은 집에 혼자 살긴 처음이라.

이 넓은 집에서 화니는 지금 외로움에 빠져 있어요.

151

그들의 운명적 만남은 그렇게 시작되었어요.

둘의 미래를

154

모른 채···.

No.3_비밀을 간직한 네잎클로버

중국 쓰촨성 두장옌 판다기지 2016년 1월

웬신이 급히 몸을 돌려 어딘가로 향합니다.

어, 저 오빠 뭐하는 거지?

웬신 담벼락 끝으로 바짝 붙어 걸어갑니다.

여기로 오면 널 가까이서 볼 수 있을 텐데.

No.4_내 맘 어떡해

중국 쓰촨성 두장옌 판다기지 2016년 1월

혹시 저기?

쩝쩝

…… 없네?

물가에 도착해 열심히 찾고 있습니다.

안 볼란다.

쿵~

여기도 없네?

네잎클로버 진짜 있어?

울 엄마가
있다고 했어.

네잎클로버 찾음
내려오는 거다.

빨리 찾아!

얼마나 지났을까?

175

Act 4 Panda Photo Cartoon 드디어 한국 땅이구나

No.1_웰컴 투 코리아

인천국제공항 화물터미널 2016년 3월 3일

한국에 들어오는 화니와 웬신을 향한 취재진의 열기가 뜨겁습니다.

188

귀하신 분들이 등장하여 판다의 입국을 기다리고 있습니다.
판다의 한국 입국을 기쁘게 환영하러 나와 계시네요.

두 판다를 태운 이동차가 환영장으로 출발합니다.

환영 퍼레이드가 성대하게 펼쳐지고 있습니다.

191

드디어 두 판다의 얼굴이 공개되는 순간입니다!

어?
사람들이
엄청 많네.

화니와 웬신의 한국행을 함께한
중국 사육사들이 당황하는 판다들의
상태를 점검합니다.

192

엄청난 인파 속에 뜨거운 취재 열기로
현장의 분위기는 달아오릅니다.

여행길이 피곤한지 누워 있는 화니

화니가 긴장했는지 응가를 해버렸습니다.

화니는 아직 적응을 못하고 있습니다.

195

열기 속에 환영식은 그렇게 끝났어요.

이동 중에 움직임이 심해지자 화니는 깜짝 놀라 깨어납니다.

그렇게 둘은 한 차에 실렸어요. 차문이 닫히자…

웬신의 목소리를 듣고 그제야 화니는 안심합니다.

웬신은 화니를 보고 마음이 놓였는지 대나무를
맛있게 먹으며 편안한 모습을 보입니다.

그렇게 둘은 새로운 보금자리로 떠났습니다.

No.2_커플의 보금자리

판다월드 2016년 3월 28일

판다월드 개장 전이에요.

이 곳이 웬신과 화니가
살아갈 새로운 터전입니다.

이제부터
화니는 **아이바오**,
웬신은 **러바오**라는
새로운 이름을 갖게 됩니다.

서로 마주보며 즐겁게 지냅니다.

웬신

화니

원신과 화니
(러바오와 아이바오)는
지금 적응 훈련 중입니다.

두 판다를 아직 일반인에게
공개하지 않던 시절입니다.

조피디가
지금
두 판다를
만나러
가네요.

화니 발견!

화니가 사는 곳의 맞은 편.

새로운 이 공간에서

둘은 어떻게 적응해서 살까요?

웬신이 낯선 공간에서 조바심을 내고 있어요.

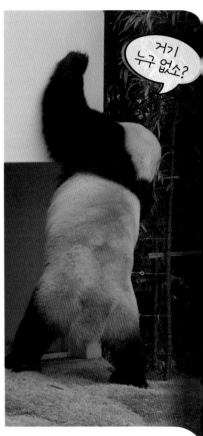

Marking 2. 문앞

Marking 3. 건물

Marking 4. 나무

Marking 5. 문

Marking 6. 평상

오늘
마킹은 여기까지 ····。

겁도 없이 나무에 오르네요.

조피디 아찌 잘 찍어주세요.

웬신~ 역광이야!!!

Marking 7. 식수대

No.3_이곳만이 내 세상!

판다월드 2016년 3월 30일

드르르륵~~~

화니, 이제 등장합니다!

여기는
화니만 사용하는
방사장

화니가
조심스럽게
주위를 살피며
나와요.

문이 닫히자 다시 안으로 들어가려고 합니다.

저기요~
이러면 곤란?

좀 더 안에 있다
나오면 안 되나요?

화니 훈련시간 이야~

그렇다면 할 수 없지.

어슬렁~ 어슬렁~

결국 방사장으로 향하네요.

오빠!!!!
이거 뭐야?

이건 뭐지?

웬신은 우선 마킹부터 하고 봅니다.

끝까지 가보자!!!!

저 끝에 뭐가 있을까? 끝까지 가보려나 봅니다

여기가 끝이구나.

하늘도 보이네.

두장옌
판다 기지
2달 전

235

꿈은 수묵화처럼 몽환적이고, 현실은 무지개처럼 아름답기를….